# Nicola, dove sei stato?

*Dello stesso autore:*

Alessandro e il topo meccanico
Il Bruco Misuratutto
La casa più grande del mondo
Cornelio
Un colore tutto mio
Federico
Geraldina, topo-musica
Guizzino
Un pesce è un pesce
Pezzettino
Piccolo blu e piccolo giallo
Il sogno di Matteo
Il topo dalla coda verde
Teodoro e il fungo parlante

© Copyright 1987, Leo Lionni
Edizione italiana © 2010, Babalibri srl, Milano
Titolo originale *Nicolas, where have you been?*
Traduzione di Cristina Brambilla
Traduzione pubblicata in accordo con Random House Children's Books,
divisione di Random House, Inc.
Tutti i diritti riservati
Finito di stampare nel mese di dicembre 2010
presso INGRAF - Industria Grafica, Milano
ISBN 978-88-8362-235-9

Leo Lionni

# Nicola,
# dove sei stato?

Babalibri

Ai margini del Grande Prato,
quattro topolini stavano
raccogliendo delle bacche.

«Cercate quelle rosse», si raccomandò Elisa.

«Sono le più dolci e succose», disse Enrico.

«Perché sono belle mature», spiegò Giacomo.

Purtroppo, però, riuscirono a trovare solo poche bacche,

piccole e di un rosa pallido, che non erano né dolci, né mature.

Tutte quelle rosse erano già state raccolte.

«Gli uccelli sono stati qui prima di voi»,

dichiarò zio Raimondo, che stava osservando

i topolini al lavoro.

«È un'ingiustizia», protestò Nicola.

«Perché loro devono prendersi tutte le bacche

migliori? Abbasso gli uccelli!»

«Abbasso gli uccelli!» gridarono gli altri topi.

Immediatamente Nicola decise di cercare un cespuglio
che gli uccelli non avessero ancora scoperto.
Avrebbe raccolto i frutti più dolci e succosi del mondo.
Senza dir niente a nessuno, Nicola si incamminò
nel Grande Prato. Camminò e camminò senza vedere
altro che erba altissima che lo circondava.

Quando finalmente uscì dal Grande Prato,
Nicola scrutò l'orizzonte, ma non vide neanche una bacca.
All'improvviso sentì uno sbattere d'ali. Nicola alzò lo sguardo.
Un grosso, orribile uccello stava piombando su di lui.

E prima che Nicola riuscisse a scappare per nascondersi nell'erba, l'uccello lo afferrò con gli artigli e lo sollevò in alto, nel cielo.

«Aiuto! Aiuto!» strillò Nicola, agitandosi e dimenandosi disperatamente, finché l'uccello non perse la presa. Nicola allora precipitò e...

... atterrò in un nido dove tre uccellini stavano schiacciando un pisolino. Si svegliarono di colpo. «E tu chi sei?» chiesero. «Sono Nicola, un topolino di campagna», spiegò lui e raccontò le sue avventure.
«Resta con noi», dissero gli uccellini. «Potresti raccontarci le storie dei topi e noi ti racconteremo quelle degli uccelli.»

Dopo un po', mamma uccello apparve con un verme nel becco.
«Mamma», disse uno dei piccoli, «lui è Nicola, un topolino
di campagna. Può restare con noi?»
«Certo», rispose mamma uccello, «ma che cosa mangiano i topi
di campagna?»
«Bacche», disse Nicola. «Ci piacciono anche le noci e i chicchi
di grano, ma soprattutto le bacche. Specialmente quelle belle rosse
e mature.»

Mamma uccello spiccò il volo e ritornò poco dopo con una bacca rossa e lucida nel becco. Nicola non credeva ai suoi occhi. Era la bacca più dolce e succosa che avesse mai assaggiato.

I giorni passavano veloci. Nicola faceva scorpacciate di bacche ed era felice. Insieme agli uccellini cinguettava canzoni e raccontava storie divertenti. Di notte, si addormentava anche lui contro le soffici piume di mamma uccello.

Un giorno, però, Nicola si svegliò e scoprì che i suoi amici erano volati via. Avevano lasciato nel nido un mucchio di bacche, ma Nicola era troppo triste per mangiare.

Capì che era arrivato il momento di abbandonare
quel nido in cima all'albero. Con attenzione, scivolò
lungo il tronco, afferrando un ramo dopo l'altro.

Quando finalmente toccò terra, si ritrovò faccia a faccia con Elisa,
Enrico e Giacomo.
«Nicola!» esclamarono i topolini. «Dove sei stato? Ti abbiamo
cercato dappertutto!»
Nicola iniziò a raccontare la sua avventura, ma quando arrivò
al punto in cui il grosso uccello lo aveva afferrato con gli artigli,
i tre topolini si arrabbiarono moltissimo.

E prima ancora che Nicola potesse aggiungere un'altra parola,
i tre topolini iniziarono a strillare: «Abbasso gli uccelli!
Guerra agli uccelli! Guerra a tutti gli uccelli!»
E gridavano, gridavano sempre più forte.

«Fatemi finire!» disse allora Nicola.
«Lasciatemi finire la storia!»
Quando finalmente i tre amici
si furono calmati, Nicola raccontò
del nido, degli uccellini, delle canzoni
e delle storie.
A poco a poco, la rabbia scomparve
dalle facce dei tre topolini.

Poi, improvvisamente
i suoi amici esclamarono:
«Nicola! Guarda dietro di te!»
Lui si voltò. Gli uccellini!
Nei loro becchi avevano le bacche
rosse e mature che lui conosceva
bene. «Sono per voi», dissero proprio
nel momento in cui zio Raimondo
comparve da dietro un albero.
L'anziano topo sorrise e sollevò
lentamente il suo bastone da passeggio.
«Questa è la dimostrazione che un solo
uccello cattivo non fa uno stormo», disse.
Quindi, raggiunse gli altri e fu subito festa.
Tutti, compreso zio Raimondo, concordarono
che quelle bacche erano le più buone
che avessero mai assaggiato.